I0551139

LES
MYSTÈRES DE LA VIE

POÉSIES ET SATIRES

par

Eugène Besse des Larzes.

1re Livraison.

SOMMAIRE :

PERISSE FRÈRES, IMPRIMEURS-LIBRAIRES

PARIS
nouvelle maison
RUE SAINT-SULPICE, 38,
ANGLE DE LA PLACE.

LYON
ancienne maison
GRANDE RUE MERCIÈRE, 33,
ET RUE CENTRALE, 63.

1853

LES
MYSTÈRES DE LA VIE.

PRÉAMBULE.

LES ROMANCIERS ET LES VOLTAIRIENS.

Du berceau dans la tombe accompagnant nos pas,
Les douleurs aux plaisirs se mêlent ici-bas,
Epines s'attachant aux roses de la vie
Pour montrer qu'en ces lieux n'est pas notre patrie,
Pour nous faire entrevoir, dans un autre horizon,
Des biens qu'on ne voit pas quelque lointain rayon,
Et de l'amour des cieux nous inspirer la flamme.
Les maux mêlés aux biens éveillent dans notre ame
Les dégoûts du présent : pour un autre séjour
Ces dégoûts dans nos cœurs enflamment notre amour.
Effaçant sous ses pas les rêves de l'enfance
Le malheur par la foi nous porte l'espérance.
Or la douce espérance, en pénétrant les cœurs,
Emousse dans son sein l'aiguillon des douleurs.
Dans la prison du nombre, est-ce audace insensée ?
Nous osâmes parfois enchaîner la pensée

Qui débordait en nous de ces doux sentiments :
De là sont nés ces vers, timides monuments
D'un esprit qui jamais ne réchauffa sa veine
Au feu jadis sacré d'une muse païenne.
Mais de la foi des saints l'auguste enseignement
Lui tient lieu de Phébus, de muse et de talent.
S'éclairant aux rayons de ce soleil sublime,
Peut-être il a souvent d'une craintive rime
Négligé dans son vers les maîtres scrupuleux,
De règles sans motif défenseurs pointilleux.
Il oublia peut-être, au bout d'un hémistiche,
D'observer si l'accord était ou pauvre ou riche,
Et même, si sa plume, en écrivant un nom,
Faisait rimer la lettre aussi bien que le son.
Il allégua qu'il crut, dans ses obscures veilles,
Que le vers fut réglé pour flatter les oreilles,
Et non pas pour les yeux. Venez donc et courage !
Vous dont l'esprit excelle à blâmer un ouvrage :
Vous trouverez ici, dans un petit objet,
Au gré de votre verve, un immense sujet.
Hâtez-vous ; car, issu d'une ardeur passagère,
Cet écrit ne doit pas voir longtemps la lumière.
Son auteur inconnu sur le mont des neuf Sœurs,
Ignore le grand art de charmer ses lecteurs.
D'ailleurs il parle, épris des formes d'un autre âge,
Au public des romans un importun langage.
On lit peu ces auteurs nés pour nous ennuyer,
Qui toujours sur un ton semblent psalmodier ;
Qui prônant la vertu, blâment d'aimables vices.
Ignorant des humains ce qui fait les délices,
Ils nous parlent toujours de justice et d'honneur ;
Disent que l'homme est fait pour aimer la candeur.

Sauvages ennemis de la douce nature,
Leurs travaux se perdront dans une nuit obscure.
Au gré des passions variant vos discours,
De la foule avant tout méritez les amours.
N'allez donc point, armés d'une morale austère,
Parler de la vertu le langage sincère ;
Prouver qu'un doux plaisir couvre un affreux danger :
Que vous sert de m'instruire et de me corriger ?
Réussissez plutôt : de Paris jusqu'à Rome,
Du Mexique au Pérou c'est aujourd'hui tout l'homme.
Un prudent écrivain calcule habilement
Dans le flot populaire et les goûts du moment,
Ce qu'ils peuvent donner, sous sa plume charmée,
De merveilleux succès, d'or et de renommée.
Sachez donc l'imiter : partout, dans vos chansons,
Vos romans, vos journaux, vos légers feuilletons,
Dociles écrivains, du couchant à l'aurore,
Soutenez, fomentez des vices qu'on adore :
Flattez l'homme infidèle à la voix de l'honneur ;
Que la femme parjure aux lois de la pudeur,
Empruntant des vertus les formes séduisantes,
Se montre en vos écrits sous des couleurs brillantes.
Ainsi, couvrant partout de charmes et d'appas
Les abîmes affreux entr'ouverts sous les pas
Des aveugles mortels endormis dans ces crimes
Qui sans cesse autour d'eux vont frappant leurs victimes,
Cultivez avec soin ce magique sommeil :
Si les rêves sont doux, qu'importe le réveil ?
Mais voilà que soudain, se posant sur nos voies,
Une odieuse foi s'en vient troubler nos joies,
Au sein de nos plaisirs, de nos festins joyeux,
Nous parle de remords et présente à nos yeux

L'avenir gros pour nous d'effrayantes tempêtes:
Le glaive par un fil suspendu sur nos têtes,
Alors que notre cœur bondit avec transport
Au banquet de la vie, oublieux de la mort.
Guerre donc et toujours, guerre à cette importune !
Illustres romanciers que berce la fortune,
Du vice décoré trop heureux rejetons,
Contre la foi des saints serrez vos bataillons.
Si vous n'osez de front attaquer l'ennemie,
Contre elle armez du moins la peur, la calomnie :
Raillez et confondez ses saints enseignements
Avec les passions et les égarements
De ces chrétiens de nom dont les fatals exemples
Souillent par leur contact la sainteté des temples.
Puis armés du grand art de généraliser,
Contre l'Eglise enfin sachez bien vous poser
En sévères censeurs de vices détestables,
Que vos romans ont peints sous des couleurs aimables.
Eh ! que vous font à vous les vertus, la pudeur,
La foi, la charité, le dévoûment, l'honneur
De mille vrais chrétiens honorant l'Evangile
Et l'Eglise, aujourd'hui comme autrefois fertile
En célestes vertus qu'ignorent les humains ?
Poursuivez donc votre œuvre, habiles écrivains !
Et sachez que toujours, sur la foule ignorante,
Comme le flot des mers, au gré des vents mouvante,
Ce grand art à son but marche infailliblement :
Car le monde à la foi résiste insolemment.
Que si, sous les drapeaux du Dieu de l'Evangile,
Il est un de ces noms aux fictions docile,
Dont les méchants ont fait, dans leurs sombres complots
De grands épouvantails pour effrayer les sots,

Accourez ! qu'un tel nom soit votre cri de guerre ;
Exploitez, redoublez les haines qu'il enserre ;
Montrez-nous savamment, sous ces noms odieux,
Des ministres du ciel les desseins ténébreux ;
Et la foi de Jésus de trésors affamée
A la fourbe, au parjure, aux meurtres animée,
Des vaisseaux des Etats convoitant les timons,
Et sous un joug affreux courbant ces nations
Qu'elle seule pourtant, dans son mâle courage,
Arracha pour jamais aux fers de l'esclavage ;
A qui seule elle apprit à mépriser leur or,
Pour chercher dans les cieux l'invisible trésor.
Pour le pauvre à sa voix le riche se dépouille ;
Car elle a dit : « Cueillez des trésors que la rouille
» Ne puisse point ronger sous d'impuissants verroux ;
» Avares, du grand Dieu redoutez le courroux. »
Et l'avare prodigue, au sein de l'indigence,
Epanchait, à ces mots, son or, son opulence.
Qu'importe ? Romanciers ! censurez, inventez,
On y gagne toujours : calomniez, mentez.
Si le juste est sans tache, il faut qu'il soit coupable,
Son œil réprobateur au vice est exécrable.

Il est encore un art, écrivains généreux !
Que virent réussir au-delà de leurs vœux
Vos nobles devanciers. — Quelle est cette science ?
— Ecoutez ! c'est ici qu'il faut de la prudence,
Les Sade, les d'Holbach et les marquis d'ARGENT
L'ont tenté ; mais au but marchant effrontément,
Avec trop de franchise ils dirent leur pensée :
D'un langage grossier l'oreille est offensée.
Contre des ennemis sans cesse renaissants,

L'enfer veut aujourd'hui des combats plus savants.
Dites donc, mais toujours sous des formes voilées,
A la soif des plaisirs toujours entremêlées,
Que le suprême but pour l'homme est de jouir;
Que tout étant matière, en lui tout doit mourir;
Que le sage à tout prix recherche la fortune;
Que crimes et vertus ont une fin commune.
Puis, feignant la pitié pour les pauvres souffrants,
Sous le poids des douleurs courbés et gémissants,
Otez-leur, dans l'espoir des délices futures,
Le seul baume possible à leurs longues blessures;
Le trésor qu'à leurs maux destina l'Eternel,
Pour en faire jaillir leur triomphe immortel,
En torrents de plaisirs pour changer leurs souffrances,
Quand les crimes heureux n'amassent que vengeances.
Les faits, il faut le dire, en leur brutalité :
Sur le bord de l'abîme un peuple entier jeté;
La rage s'emparant des campagnes tranquilles;
Des carnages affreux ensanglantant les villes :
Tous ces maux, de vos soins odieux nourrissons,
Pourraient bien démentir vos perfides leçons.
Mais que vous font à vous ces désordres, ces crimes?
De votre impiété ces fruits et ces victimes ?
Vos succès n'ont jamais démenti votre espoir :
Des mansardes du pauvre à l'immonde boudoir
Du jeune débauché, des impudiques femmes,
Vos livres ont nourri d'insaturables flammes;
Vos populaires noms mille fois répétés
Des chaumes aux palais volaient de tous côtés;
Les peuples, de vos mains attendant leur vengeance,
Vous prodiguaient les dons de la reconnaissance;
Et les rois aveuglés par un délire affreux,

Entr'ouvraient le volcan qui grondait autour d'eux.
Ils ont cru, quand déjà s'échappaient leurs couronnes,
Que vous luttiez pour eux quand vous miniez leurs trônes.

Quant à nous, dans ces vers en sincère croyant,
Au flambeau du futur nous jugeons le présent.
Sans ce flambeau la vie est un sombre mystère,
Un ténébreux chaos, une horrible chimère.
Mais quand la foi paraît, le mystère s'enfuit,
Comme aux rayons du jour les ombres de la nuit.

LA RÉVOLUTION .

Quelle est cette bacchante ? un beau nom : *le progrès*,
Couvre son front impur, tandis qu'un voile épais,
Voile dont l'entoura l'amour de la matière,
A ses yeux fascinés dérobe la lumière.
Prostituée immonde ! à ses sens agités,
N'allez pas révéler de saintes vérités.
Malheur à qui voudrait dissiper son ivresse !
L'erreur est son savoir ; le crime, sa sagesse.
« Peuples ! réveillez-vous ! l'amour, l'égalité,
Dit-elle, est dans mes mains avec la liberté. »
Elle dit et partout sema la calomnie,
L'erreur, la soif du sang, l'effroi, la tyrannie.
Que vois-je ? de vertige un trône environné,
Caresse sous ses pieds le monstre empoisonné

Qui, pour punir des grands les erreurs et les crimes,
Dans ceux qui l'ont nourri désigne ses victimes,
Et, pour mieux les frapper, dépose dans leur sein,
De l'incrédulité le perfide venin;
Et la foi violée abandonnant les trônes,
Avec elle emportait leurs plus fermes colonnes;
Et les rois conspiraient avec leurs ennemis,
Et dans ceux qu'ils craignaient perdaient leurs vrais amis;
Et la foudre gronda, puis les trônes croulèrent,
Puis les peuples sans foi dans le sang s'agitèrent;
Et l'édifice entier répétait en branlant:
« La foi, peuples! la foi, c'est mon seul fondement. »

LES RÊVES DE BONHEUR.

Dès longtemps, ô bonheur! je te cherche et l'implore.
Tu m'échappes toujours! et pourtant je t'adore.
Objet de mon amour! qui t'a fait? en quels lieux
De tes adorateurs exauces-tu les vœux?
Mille fois, quand j'ai cru découvrir ton empreinte,
Tu trompas en fuyant mon impuissante étreinte.

Peut-être es-tu caché sous des montagnes d'or :
Des trésors du Pérou faisons notre trésor.....
Voilà qu'à mes désirs ouvrant sa main féconde,
De royales faveurs la fortune m'inonde,
Je nage au sein des biens..... Quoi? mon cœur désolé

De soif dans l'onde immense est sans cesse brûlé.
Comme tant d'autres biens, l'or serait-il encore,
Loin d'étancher ma soif, un feu qui me dévore?
Sans cesse satisfaits et toujours renaissants,
Mes besoins redoublés augmentent mes tourments;
La misère m'assiége au sein de l'abondance,
Et mon malheur s'accroît avec mon opulence.
Tu broutes, puis tu dors et ne demandes rien,
Brute! ton sort est donc plus heureux que le mien.
Entre la brute et moi d'où vient cette distance?
Serait-ce que mon cœur fait pour un être immense,
Par des biens limités cherche en vain à remplir
Le vide illimité de son vague désir?
Ces biens à ce désir sont la goutte jetée
Dans le vaste Océan, ou la bulle emportée
Dans l'espace infini... Peut-être le bonheur,
Jaillissant du plaisir, comblera notre cœur.
O douce volupté, savourons tes délices!
Viens! Je te vois déjà! tu me tends tes calices.
O ciel! qu'ils ont d'attraits! que leur bord est charmant!
Leur éclat fait pâlir l'éclat du diamant.
Mes yeux sont éblouis de ta flamme éclatante,
O volupté! je bois ta liqueur enivrante.
Mais quoi? tu m'as trompé!... tu sèmes dans mon cœur,
Au lieu d'un doux plaisir, l'angoisse et la douleur.
Sois maudite à jamais, ô coupe dont la lie
M'a fait boire la mort en promettant la vie.
Adieu, sombre plaisir, ton perfide sommeil
A couvé dans mon sein les hontes du réveil!
Ton goût ne m'a laissé qu'une saveur amère,
Et mes veines ont bu le poison déléthère!

Eh bien ! cherchons encor : les titres , les honneurs ,
Un trône sous les pieds , le faîte des grandeurs,
Peut-être pourront-ils, à l'abri des alarmes ;
Bonheur que je poursuis ! m'enivrer de tes charmes.
Qu'il est doux de pouvoir , un sceptre dans la main ,
Sur les peuples soumis régner en souverain !
Au milieu des rubis , de la pompe des trônes,
Eclairons notre front de l'éclat des couronnes.
Autour de moi , grand Dieu ! tout est étincelant .
Mes lambris sont couverts d'or et de diamant.
De mes gardes nombreux la foule m'environne ,
Tout fléchit devant moi. Je désire, j'ordonne ;
L'univers à mes pieds vole pour obéir.
Tout seconde à l'envi mon plus léger désir.....
Mais les trônes m'ont dit que leur pompe recèle
Les soucis, les complots et la haine mortelle,
Qu'un immense pouvoir n'est qu'un brillant danger.
Les maux dans un palais sont venus m'assiéger ,
Ils ont tout méconnu : le sceptre, la couronne
Et les gardes armés pour défendre le trône.

Et la grandeur m'a dit : « Je ne suis point ton Dieu,
Cherche ailleurs le seul bien qui peut combler ton vœu. »
Ah ! ce bien, le voici ! volons à la victoire,
Ramassons en courant les lauriers de la gloire.
Tout tremble sous mes pas. Et la terre inclinée
A mon sceptre, à mes lois, se soumet étonnée.
Mais voilà que, bravant mon char triomphateur,
Dans mon sein tout-à-coup vient régner la douleur :
En dissipant la nuit sous les feux de l'aurore ,
Le jour ne chasse point l'ennui qui me dévore.
Et lorsque l'univers élève jusqu'aux cieux

Ma gloire, mes exploits, mes immortels aïeux,
Sur mon front pâlissant mes lauriers se flétrissent ;
Comme l'ombre des nuits mes jours s'évanouissent.....

Toi seul en toi, grand Dieu, possédant le bonheur,
Sur ton être infini tu modelas mon cœur !

LE SIÈCLE DE LUMIÈRE.

Les païens d'autrefois adoraient un vain plâtre,
Le monde du progrès est-il moins idolâtre ?
Sur l'homme dévoyé, sous le nom de flambeau,
Le siècle de lumière étend un long bandeau ;
Et des peuples séduits les passions émues,
Vont s'agitant aux pieds d'idoles vermoulues ;
Idole des vains noms et de la volupté,
dole d'un tyran qu'on nomme liberté,
Idole de la ruse et de la calomnie,
Idole du succès avec la sombre envie ;
Idole de l'orgueil et des ambitieux,
Ton idole, ô métal qu'on fait le roi des Dieux !
Puis, détrônant Junon querelleuse, mais pure,
Et la blonde Vénus, à la chaste ceinture,
On met aux pieds du Dieu, sous le nom de raison ;
La fraude, les complots, la prostitution.
J'aime mieux des païens les fables mensongères,
D'abord pleines de sens, puis brillantes chimères

LE MONDE,

LA MODE ET LE BON TON.

Boutade d'un misanthrope.

Le monde est un amas de contradictions,
De brillantes erreurs et de séductions,
De trompeurs, de trompés, d'oppresseurs, de victimes,
De semblants de vertus dont on couvre les crimes ;
De petits qui sont grands, de grands qui sont petits,
De fous se pavanant sous d'élégants habits ;
De femmes qui s'en vont, sous de larges mantilles,
Simulant des appâts et voilant des guenilles ;
De riches affamés, de pauvres envieux,
Et jamais, quoiqu'on dise, on n'y vit un heureux.
Ici dans de grands riens on met le bien suprême ;
Là tout est Dieu pour l'homme, excepté Dieu lui-même.
Tout trompe jusqu'au nom : la faiblesse est vigueur ;
L'astuce, habileté ; la bassesse, grandeur.
Par les gardes nombreux armés pour sa défense,
Ce prince rachitif mesure sa puissance :
C'est marque de faiblesse ; au milieu des forêts,
Exempt de vains soucis, le lion dort en paix,
Sans châteaux, sans bastions, sans remparts, sans armées,
Méprisant la fureur des bêtes affamées.
D'autres par leurs chevaux, leurs titres, leurs palais,

Leurs blasons empruntés , l'habit de leurs laquais,
Prétendent imposer une illustre naissance,
Des mérites, des droits , leur grandeur, leur puissance.
Là cet homme au regard superbe et dédaigneux ,
Se croit un grand seigneur , s'avance radieux ;
C'est qu'un savant habit cadre bien à sa hanche ,
Et de grands boutons d'or vont brillant sur sa manche ,
Tandis que sous ses pieds des souliers bien vernis ,
De leurs longs grincements remplissent les parvis.

Voyez-vous cette femme à la démarche altière ,
Balançant noblement sa tête haute et fière ?
Elle n'a rien d'humain ; son port est gracieux ;
Dans ses bras , sur son front des bijoux précieux
Brillent d'un pur éclat ; son regard autour d'elle
Semble dire : « Voyez, mortels ! si je suis belle... »
A l'ampleur de sa robe admirez sa grandeur ,
A son vermeil plaqué , l'adresse du coiffeur.

Là, cet heureux fripon qu'on méprise et qu'on loue ,
Sous de brillants dehors cache une ame de boue ;
Qui peut ne l'honorer ! La fortune le suit ,
Quand cet homme de bien qu'on repousse et qu'on fuit ,
Sous un aspect grossier bannissant la parure
Porte d'un noble cœur la divine nature.

Quel est dans un salon ce sage mal vêtu !
Il a cru , l'insensé , que sa seule vertu,
Que la beauté du cœur peinte sur son visage ,
Que ses savants travaux, que son mâle courage
Pouvaient bien tenir lieu d'un habit élégant :
Fuis ces brillants séjours , téméraire ! imprudent !

Laisse-là nos cités , tu n'es pas de ce monde :
A peine tu parais, on s'écarte à la ronde !
Tu peux voir tes amis même t'abandonner,
— C'est affreux, diras-tu. — Pourquoi t'en étonner ?
Pas de gants dans tes mains ! ta massive chaussure
Fait gémir les parquets ! et ton manteau de bure ,
Tes vêtements d'hiver au milieu de l'été ,
Font rougir l'imprudent qui t'avait invité.
Va porter loin d'ici tes formes d'un autre âge :
Chez le rude Romain ou le Scythe sauvage,
Peut-être tes vertus sans parure et sans fards
Auraient d'un peuple entier fasciné les regards.

Mais les temps sont changés ! la mode et les lumières
Portent les nations dans de nouvelles sphères :
Chez un peuple élégant j'entends un orateur ;
Sa pensée est profonde et pleine de vigueur ,
Son geste est noble et sûr , sa parole brillante
Jaillit abondamment de sa lèvre éloquente,
Comme un fleuve de miel, comme un concert riant.
Il a de l'élégance et son rythme est savant ,
Mais point de goût : lisez les hontes de sa mise,
Dans ses cheveux sans ordre, au col de sa chemise.
Il a mis ce matin son gilet à l'envers,
Stupide négligence , et son col de travers.
Comme un câble à son cou sa cravate hissée,
En déplaisant à l'œil, offense la pensée.
L'ensemble tout entier sans formes et sans fard ,
Prouve assez qu'il n'a point le sentiment de l'art.
Bordés d'énormes clous, ses souliers à l'antique
Donnent à sa démarche une allure rustique;
Etalant de tous points les injures des ans ,

Son habit cadrant mal, fait rougir le bon sens.
Sa tenue en un mot bravant la symétrie ,
Prouve que l'orateur méconnaît l'harmonie.
Cet essaim d'élégants le regarde et sourit :
Comment un pareil homme aurait-il de l'esprit ?
On vantait autrefois une austère prudence ,
De savants mal vêtus la rustique science,
Un esprit élevé sous des dehors grossiers,
Sous des habits poudreux , des courages guerriers.
Des peuples mal appris la vertu fut le code :
Le temps sur ses débris a couronné la mode,
Les beautés sans vernis offensent la raison.
O mode ! des humains sublime invention !
Au sein du vrai progrès où ta voix nous invite,
Un habit bien taillé , tel est le vrai mérite.
Par toi des vains mortels une large moitié
Se consume en travaux pour une autre moitié ,
A redresser l'erreur de la simple nature ,
A parer quelques corps couvant la pourriture ,
D'un gracieux vermeil à rajeunir des chairs
Où pullule le vice , où s'engendrent les vers.
On fait tout concourir : arts, progrès et science,
Et des siècles passés la longue expérience
Pour créer des couleurs, des tissus, des velours ,
Pour travestir des corps les élégants contours.
La nature a vieilli , corrigeons la nature ;
La parure fait tout, songeons à la parure ;
Les anciens près de nous n'étaient que des enfants.
Sous un étroit corset emprisonnons les flancs
De l'enfant trop massif, de la mère féconde :
Que de ces doux produits la mode nous inonde.

A des soins achetés , dès qu'ils ont vu le jour ,
Livrons pour les nourrir les fruits de notre amour ;
A ces êtres chétifs , quand on est riches, belles,
Au printemps de ses jours présenter ses mamelles ,
Cela se pratiquait , ce n'est plus de saison :
A de grossières mœurs succède le bon ton.

Par le sucre et l'épice une mère enrichie
Disait à son enfant : « Mon fils , je t'en supplie ,
» Que toujours , en tous lieux , la grandeur , le bon ton
» Montrent que tu sortis d'une bonne maison.
» Que ton noble maintien , tes habits , tes manières ,
» Soient toujours au niveau du siècle des lumières.
» Dans tous tes mouvements, ta maison, ton réveil,
» Tes amis , tes valets, ton dîner, ton sommeil,
» Que tout à l'étiquette en tous points soit conforme :
» Le fond viendra toujours pourvu qu'on ait la forme.
» Qu'en public à propos donnés avec grandeur,
» Quelques écus parfois montrent ton noble cœur.
» Que sert d'être élevé si l'on ne sait paraître ?
» A l'aide du bon ton l'on est ce qu'on veut être.
» Je te lègue , tu sais, une grande maison,
» Equipage , valets et chevaux de renom.
» Sache en gardant ton rang maintenir la distance
» Du maître à ses valets ; trop de condescendance
» Engendre le mépris : Maîtres pour commander ,
» Valets pour obéir , pauvres pour demander,
» Cette gent destinée aux labeurs comme aux peines ,
» N'a point ce noble sang qui coule dans nos veines.
» Autant cette humble terre est distante des cieux,
» Autant notre nature est différente d'eux.

» Ils ne connaissent point le bon ton, les manières,
» Ne savent pas leur langue : on nous dit que nos pères
» Comme de vrais amis traitaient leurs serviteurs ;
» Nos pères n'ont jamais su jouir des grandeurs. »
Arrête, villageois ! à la paix des villages
Préférant des cités les perfides orages,
Tu laisses de tes champs le fertile labeur,
Et cours à la misère en fuyant le bonheur.
Le pauvre dans la ville affiche l'abondance,
La médiocrité simulant l'opulence,
Brille d'un faux éclat et bientôt en émoi ;
Les créanciers poussés par la rage et l'effroi,
En vain cherchent partout où gît cet insolvable ;
L'onde l'a délivré d'une vie exécrable.
Sétus vient d'inventer des velours éclatants,
Eternel désespoir d'odieux concurrents :
Sous ces velours bientôt pompeusement parée
L'infâme courtisane à la tête assurée,
Promenant ses forfaits, ses bijoux et son fard,
D'une molle jeunesse attire le regard.
Là, la fille des champs s'arrachant à sa mère,
Pour voler à la ville a laissé sa chaumière,
Malheureuse ! où vas tu ? vois ces voluptueux :
Déjà sûrs de leur proie, ils te couvent des yeux ;
Ces monstres plus cruels que le tigre sauvage,
Pour tendre leurs filets t'attendent au passage.
O mère ! des cités le venin corrupteur
De ta fille imprudente a tari la pudeur.
Déjà, ne méditant à son tour que les crimes,
Elle aiguise ses traits et cherche ses victimes.
Où va croissant toujours cet essaim de tailleurs,
D'avides cafetiers, d'efféminés coiffeurs,

De valets corrompus, de simples paysannes,
Dont les fils des cités feront des courtisanes,
D'artistes sans pudeur, de pompeux hôteliers,
D'orfèvres, de doreurs, de riches bijoutiers ?
Que reste-t-il, grand Dieu, pour cultiver la terre ?
Où sont les bras nerveux pour voler à la guerre ?
Tout tombe, tout s'éteint : le courage l'honneur,
Les antiques vertus, la céleste pudeur,
Et le vice effréné, de sa main déléthère,
Va semant sous nos pas des germes de misère.
Et les peuples séduits par l'appât d'un faux gain,
Sur des montagnes d'or s'en vont mourir de faim.
Ah ! fuyons ce séjour d'illusions amères,
Ce ténébreux tissu d'éclatantes chimères.

LES TABLES TOURNANTES.

Nul fait ne se produit qui n'ait un fait pareil !
Chaque planète tourne autour de son soleil,
La lune tourne autour de la terre mouvante ;
Aux lois de l'univers toujours obéissante,
La terre tourne autour du soleil éclatant ;
Peut-être le soleil tourne rapidement,
Immobile à nos yeux, mais, humble satellite,
Autour d'autres soleils décrivant son orbite.

Tout tourne dans les cieux et tout tourne ici-bas ;
O table, pourquoi donc ne tournerais-tu pas ?

Des faibles passions lés fougueuses tempêtes
Comme en un tourbillon font tournoyer les têtes.
En vain tu prétendrais, mortel audacieux !
Arrêter du courant l'effort impétueux :
Des bords de la Tamise aux rives du Bosphore ,
La passion dit : « Tourne, ô mortel ! tourne encore ! »

Tout tourne dans les les cieux et tout tourne ici-bas ,
O table , pourquoi donc ne tournerais-tu pas ?

Un inerte panneau frottant contre le verre,
Fait scintiller la foudre et gronder le tonnerre ,
Et par un fil léger ; grâce au verre tournant ,
Un fer lourd, sans effort, tourne rapidement ;
Sous ce fil, à cent pas , une aiguille inclinée ,
Tourne sur son pivot, de tourner étonnée.

Tout tourne dans les cieux, et tout tourne ici-bas ,
O table , pourquoi donc ne tournerais-tu pas ?

Sans pouvoir étancher l'ardeur qui le dévore,
L'homme s'agite autour d'un métal qu'il adore ;
Le magique contact d'un sable jaunissant,
Que l'habitant des bois foulait insouciant,
Que la terre insultait dans ses grottes profondes,
A tourné les esprits et remué les mondes.

Tout tourne dans les cieux et tout tourne ici-bas,
O table , pourquoi donc ne tournerais-tu pas ?

Un liquide au métal dans Paris se marie ,
Et des bords de la Seine au fond de l'Italie,
De ce chimique hymen un fer vil et léger ,
Immobile et pourtant rapide messager ;

Fait tourner à mon gré l'aiguille intelligente,
Qui sème ma pensée en sa marche savante.

Tout tourne dans les cieux et tout tourne ici-bas,
O table, pourquoi donc ne tournerais-tu pas ?

Ce principe dans moi qui couve les pensées,
Qui riant au présent, rêve aux choses passées,
Qui, tout caché qu'il est, sent, veut, se montre en moi,
Dit à mon corps : « Va ! viens... plus vite !... arrête-toi ! »
Et le corps, ignorant qu'on lui réside un maître,
Obéit à sa voix. Aux ordres de cet être
Invisible et présent qui plie, étend mon bras,
O table, pourquoi donc n'obéirais-tu pas ?

A l'auguste nature arrachant son mystère,
Le Roi de l'univers marchait vers la lumière :
Sous ses doigts frémissants un faible bois tourna :
Le fait était nouveau, l'homme s'en étonna.
Les mortels oubliant qu'en eux tout est mystère,
Pour expliquer leurs corps remuant la matière,
Evoquèrent tremblants des esprits ténébreux,
Sans songer à l'esprit qui vit, fait tout en eux,
A ce souffle immortel et rayon de Dieu même,
Qui mit en lui le sceau de son pouvoir suprême.

— Et tu crois, vain mortel, dès que la foi te fuit,
L'esprit que tu niais plutôt que ton esprit ?

— Tous les peuples ont cru, dès le berceau du monde,
Qu'ils ont du Tout-Puissant une empreinte profonde :
Erreur ! peuples ! erreur ! Mais ce qui me confond,
Ce qui cache à ma vue un mystère profond ;

C'est le chapeau mouvant, c'est la table tournante :
Mon ame, à ce prodige, interdite et tremblante,
Dans un bois d'acajou qui la saisit d'effroi,
Enfin trouve son Dieu, sa lumière, sa foi !
O table, qui dira ta vaste intelligence?
Sublime guéridon, j'adore ta science !

D'un grain menu jeté dans un épais limon
Que le soc outrageant creuse en un long sillon,
J'ai vu naître l'ormeau dont l'ombre tutélaire
Contre un soleil brûlant m'offre un toit salutaire,
Qui, mariant le lierre à son tronc amoureux,
Protège des oiseaux le lit harmonieux ;
Et féconde à son tour le sol qui le féconde.

J'ai vu l'ordre infini qui règne dans le monde :
Le prisme réflétant de mobiles couleurs,
Le vallon rajeuni par l'incarnat des fleurs,
Le calice odorant qui ne fait que d'éclore,
Et s'ouvre avec amour aux baisers de l'aurore.

J'ai vu, loin du côteau qui lui donna le jour,
Et des beaux lieux témoins de son premier amour,
L'hirondelle, pour fuir les neiges de nos plaines,
Demander un asile à des plages lointaines.

J'ai vu l'aimant sur lui faisant voler le fer,
L'arrêtant suspendu dans le vide de l'air ;
J'ai senti dans mon sein un esprit qui m'enflamme ;
J'ai vu mon corps docile à la voix de mon ame ;
De la mer en courroux le flot majestueux,
Le soleil fécondant la terre de ses feux,
Et ces vaisseaux géants, dans la céleste voûte,

Sans mât, sans nautonnier suivant toujours leur route,
Dans l'espace infini qu'ils ne connaissent pas,
Sans s'arrêter jamais, sans dévier d'un pas ;
J'ai vu... Mais tous ces faits aussi vieux que le monde,
Frappent d'un faible esprit l'ignorance profonde ;
Ils ne m'étonnent point... Ah ! ce qui me confond ;
Ce qui voile à mes yeux un mystère profond :

C'est le chapeau qui tourne et la table mouvante ;
Mon ame à ce prodige, interdite et tremblante,
Dans un bois arrondi qui la saisit d'effroi,
A reconnu son Dieu, sa lumière, sa foi !
O table, qui dira ta vaste intelligence ?
O guéridon savant, j'implore ta science !

Dans son cœur le méchant nia son Créateur,
Il crut dans la nature embrasser son auteur ;
Et la foi se voila, la foi, flambeau suprême :
Puis tout fut foi pour l'homme, excepté la foi même.
Le savant sur la boue a concentré ses yeux,
Ses yeux qui furent faits pour contempler les cieux.
Dès-lors il méconnut l'auteur de toute chose ;
Et l'effet à sa vue est devenu la cause
« La nature, c'est tout ! de son immense sein,
» Esprit, corps, tout jaillit et tout y rentre enfin. »
Il dit et, pour cacher sa superbe ignorance
Et d'un air de grandeur voiler son impuissance,
Il inventa des mots : AGENTS ! ATTRACTION !
PESANTEUR DE LA TERRE ET GRAVITATION !
ATOMES ÉTHÉRÉS ! RAYONS CALORIFIQUES !
FLUIDES ANIMAUX ET COURANTS MAGNÉTIQUES !
Et l'homme en redisant ces mots prétentieux,

Crut avoir dérobé tous les secrets des cieux.

« Enfin, dit-il, je nage en des flots de lumière ;
» La nature pour moi n'a plus aucun mystère ?
» Mais ce qui m'éblouit, mais ce qui me confond,
» Ce qui voile à mes yeux un mystère profond,
» C'est le chapeau tournant, c'est la table mouvante :
» Mon ame à ce prodige, interdite, tremblante,
» Dans ce bois aplani qui me rempli d'effroi,
» A mis son avenir, sa science, sa foi.
» O table, qui dira ta vaste intelligence ?
» Ombre du guéridon, j'évoque ta science !

Faux sages, faux esprits, superbes ignorants !
D'ou viennent ces transports et ces frémissements !
La matière agissant sur l'inerte matière
Insensés, est cent fois un plus profond mystère
Que l'homme remuant des corps par le vouloir,
Et par là de son Dieu réflétant le pouvoir ;
Il dit : « Lumière, sois ! » Et la lumière fut !
« Monde, sois fait de rien. » Et le monde apparut !
« Vous, planètes, tournez autour de vos étoiles !
» Toi, nuit, succède au jour. » Et la nuit prend ses voiles ;
Les globes à leur poste accourent radieux ;
Autour de leurs soleils tournent harmonieux.
Alors se recueillant : « Achevons notre ouvrage !
» Dit-il, que les humains soient faits à notre image. »
Et, prenant du limon, il en forma nos corps ;
Puis, de son infini déployant les trésors,
Il tira de son sein une immortelle flamme,
Un rayon de sa face, en façonna notre ame,
Lui dit : « Commande aux corps, soumets-les à ta loi,
» Et règne sur le monde en adorant ton roi... »

Et l'homme fut formé réflétant sa puissance :
Le monde à son aspect s'inclinait en silence,
Le cheval indompté sous son maître frémit ;
L'éléphant gigantesque à sa voix se soumit ;
Il plia sous ses lois la nature féconde,
Les trésors des forêts , de la terre et de l'onde,
Et pour régler les temps, son œil audacieux,
Dans le tour d'un compas a mesuré les cieux ;
Par l'ardente vapeur , dans sa féconde audace,
Sur l'aile d'une roue il dévora l'espace ;
Puis sur un frêle esquif étrange passager,
Il va sonder les airs , oublieux du danger.
Ciel ! déjà la montagne et les villes tremblantes
Ne sont plus à ses pieds que des taches mouvantes.

« **Tous ces faits sont bien vieux ! le dernier a cent ans !**
» Tout prodige s'éteint sous l'outrage du temps :
» Ou sa torche en courant dévoile les mystères,
» Ou le progrès les compte au nombre des chimères ;
» Mais ce qui me transporte et ce qui me confond.
» Ce qui voile à mes yeux un mystère profond :
» C'est le chapeau qui tourne et la table mouvante ;
» **Mon âme, à cet aspect interdite et tremblante,**
» Dans ce bois aplani qui me remplit d'horreur,
» Ecoute en frémissant son sublime docteur !
» O table ! qui dira ta vaste intelligence ?
» O docteur-guéridon , apprends-moi ta science ! »

Lyon.—Imp. d'Ant. Perisse.

On trouve à la même Librairie :

OUVRAGES DU MÊME AUTEUR :

La Science et la Foi : 1 vol. in-8.

Au jugement d'un Prêtre modeste, mais qu'on reconnait aujourd'hui, à bien des titres, pour un des plus éminents philosophes de France, cet ouvrage *renferme des qualités rares, un bon esprit, une méthode philosophique rigoureuse.*

Son objet principal est une démonstration neuve et lumineuse des grands principes sur lesquels reposent la religion, la morale et la société.

De cette démonstration il résulte bien clairement que tout savant incrédule est le plus étrange, le plus contradictoire des hommes.

« L'auteur prouve, par l'exemple et avec un admirable talent, que les idées qui » étendent et développent le plus la puissance de l'esprit sont précisément celles qui » perfectionnent la morale et assurent le bonheur des individus et des sociétés. »

(*Extrait d'une Lettre du Docteur Jaumes, Professeur de Médecine à la Faculté de Montpellier.*)

POUR PARAÎTRE BIENTÔT :

TRAITÉ DE LOGIQUE d'après le nouveau Programme de l'Université.

MYSTÈRES DE LA VIE, 2ᵐᵉ Livraison.

Sommaire :

Douleur et Volupté.   Luxe et Progrès.   Sagesse et Folie.
Biens et Maux.   Vices et Vertus.   Le Temps.   Le Riche et le Pauvre.
Le vrai Sage.   La mort du Pauvre.   L'Avare,
l'Ambitieux et le Philosophe, etc.